L'AVION DE JULIE

ROBERT MUNSCH   MICHAEL MARTCHENKO

Les éditions la courte échelle
Montréal–Toronto–Paris

Texte de Robert Munsch

Illustrations de Michael Martchenko

Les éditions la courte échelle inc.
5243, boul. Saint-Laurent
Montréal (Québec) H2T 1S4

Conception graphique: Derome design inc.

Dépôt légal, 1er trimestre 1988
Bibliothèque nationale du Québec

L'édition originale de ce livre a été réalisée en Ontario
par Annick Press sous le titre *Angela's Airplane.*
La traduction française a été faite par Raymonde Longval.

Données de catalogage avant publication (Canada)

Munsch, Robert N., 1945-

[Angela's airplane. Français]

L'avion de Julie

(Drôles d'histoires ; 8)

Traduction de: Angela's airplane.
Pour enfants de 3 à 8 ans.

ISBN 2-89021-077-4

I. Martchenko, Michael II. Titre. III. Titre: Angela's
airplane. Français. IV. Collection.

PS8576.U575A7414 1988   jC813'.54   C88-3578-1
PS9576.U575A7414 1988
PZ23.M86Av 1988

Julie et son papa se rendent à
l'aéroport. Mais une fois là-bas,
une chose terrible se produit.
Julie ne retrouve plus son papa.

Elle le cherche partout. Elle
regarde sous les avions, sur les
avions, à côté des avions mais
elle ne le voit nulle part. Julie
décide alors de regarder à
l'intérieur d'un avion.

Elle grimpe les marches de celui
dont la porte est ouverte: une,
deux, trois, quatre... jusqu'en
haut. Elle regarde partout mais
son papa n'y est pas... il n'y a
personne.

Julie n'est jamais montée à bord d'un avion; elle décide donc de l'examiner d'un peu plus près. Tout à l'avant, elle aperçoit un siège avec une foule de boutons autour. Chaque bouton est d'une couleur différente. Julie adore pousser des boutons. Elle s'approche, s'installe dans le grand siège avant et décide d'appuyer sur un des boutons. Lentement, elle appuie sur le bouton vert qui brille. Aussitôt, la porte de l'avion se ferme.

Julie commence à s'inquiéter car elle ne peut plus sortir. Elle appuie donc sur un autre bouton. Lentement, elle presse le bouton jaune, plusieurs lumières s'allument, mais cela ne résout pas le problème.

Julie doit faire quelque chose. Lentement, elle pousse le bouton rouge. Aussitôt le moteur se met en marche et l'avion commence à bouger.

«Aïe! », pense Julie et elle pèse sur
tous les boutons à la fois. L'avion
décolle et monte droit dans le
ciel. Lorsque Julie regarde par
la fenêtre, elle s'aperçoit que
l'avion est maintenant très haut
dans le ciel, mais elle ne sait
pas comment redescendre. Elle
choisit alors de pousser un
dernier bouton. Elle appuie sur
le bouton noir, c'est celui de
la radio. Aussitôt, elle entend
une voix: «Ramène cet avion au
sol, espèce de voleur! »

Julie répond bien vite: «Mon
nom est Julie, j'ai cinq ans et
je ne sais pas piloter un avion.»
«Bon sang! répond la voix,
écoute-moi bien maintenant,
prends le volant et tourne-le
à gauche.»

Julie obéit. Lentement, l'avion décrit un grand cercle et il revient juste au-dessus de l'aéroport. «Très bien, dit la voix, maintenant repousse doucement le volant.»

Julie exécute les ordres et l'avion
descend lentement vers la piste
d'atterrissage. Il touche la piste et
rebondit aussitôt. Il touche de
nouveau la piste mais rebondit
encore. La troisième fois, l'aile
entre en contact avec le sol et
l'avion éclate en mille morceaux.

Julie est maintenant assise par
terre et n'a même pas une petite
égratignure.

Toutes sortes de camions et
d'autos arrivent alors sur la piste.

Il y a des autos de police,
des ambulances, des camions de
pompiers et des autobus. De
nombreuses personnes accourent
et, à leur tête, le papa de Julie.

Il la prend dans ses bras: «Est-ce
que tu vas bien?» «Très bien!»,
lui dit Julie. «Mais Julie, l'avion,
lui, n'est pas très bien, il est
en mille miettes.» «Je sais, répond
Julie, j'ai fait une grosse bêtise.»
«Promets-moi que tu ne piloteras
jamais plus, » demande son
papa. «C'est promis!» reprend
Julie.

Mais Julie ne tient pas sa promesse. Une fois grande, elle ne devient pas médecin, elle ne devient pas chauffeure de camion, elle ne devient pas secrétaire, elle ne devient pas infirmière, mais elle devient pilote d'avion.